Les Femmes en Blanc

OPÉRATION EN BOURSE

Dessin : Bercovici / Scénario : Cauvin
Couleurs : Leonardo

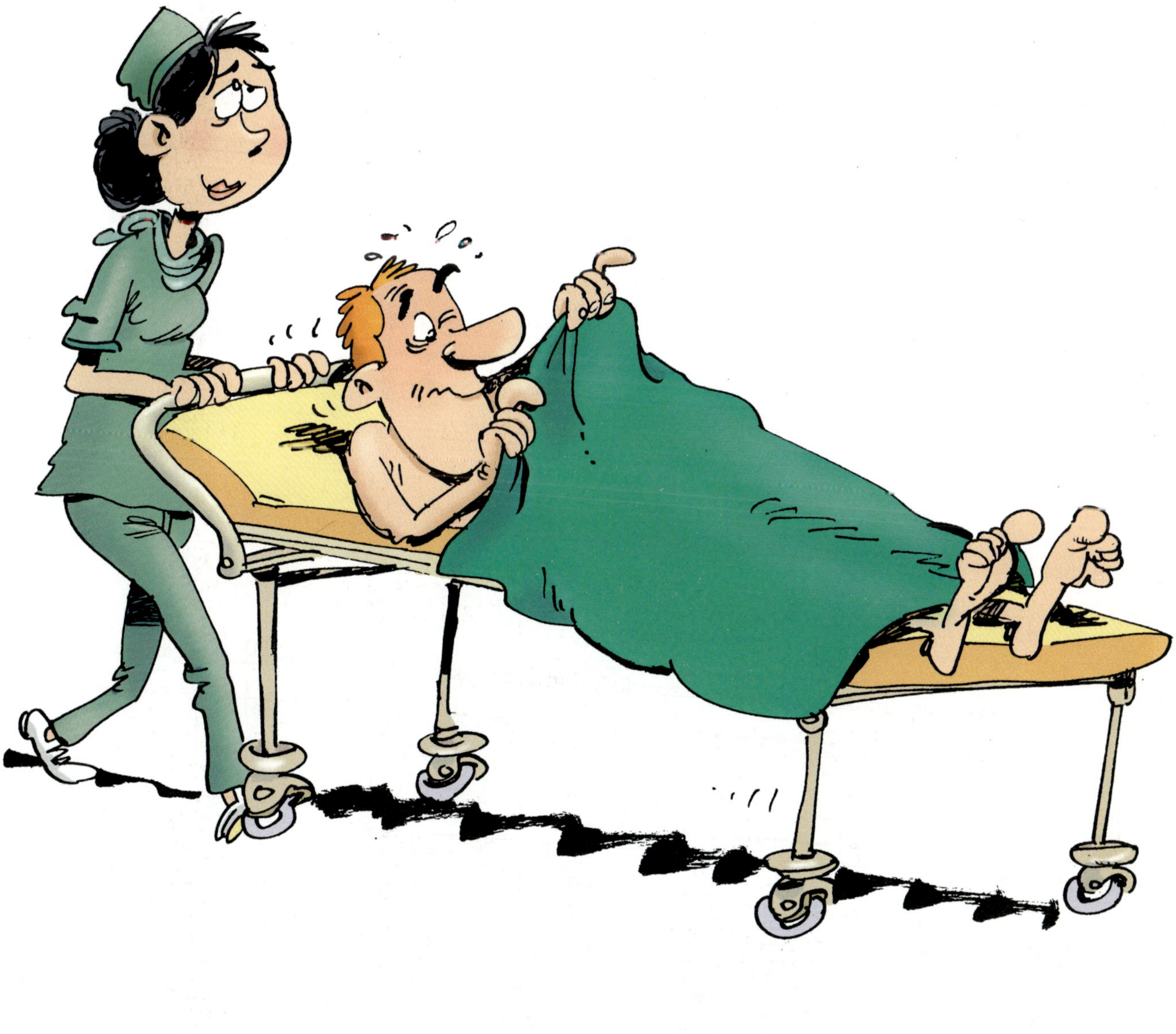

DUPUIS

Dépôt légal : février 2005 — D. 2005/0089/22
ISBN 2-8001-3640-5 — ISSN 0771-9124

Imprimé en Belgique.
www.dupuis.com

Pénurie

MAKOLAPOLÉLÉ BOLAF ERGSÖP NIA OF ...
KILOPEP NABOFON KERKOF DISABLËURK BIF DIVOUAS IK BIDOF.
MAIS ?... QU'EST-CE QUE ... ?
VOUS N'ÊTES PAS AU COURANT ? IL Y A PÉNURIE D'INFIRMIÈRES DANS LE PAYS. ILS ONT DÛ FAIRE APPEL À DE LA MAIN-D'ŒUVRE ÉTRANGÈRE.
QU'EST-CE QU'ELLE A VOULU DIRE ?
SANS DOUTE DE VOUS DÉSHABILLER ET DE VOUS METTRE AU LIT.
VOUS COMPRENEZ CE QU'ELLE RACONTE, VOUS ?
PAS DU TOUT.
IL Y A UNE BONNE DIZAINE DE JOURS QUE JE SUIS ICI - ALORS, ON S'HABITUE.
ELLE VIENT D'OÙ ?
JE ME SUIS LAISSÉ DIRE QU'ELLE VENAIT DU DJAKABOUDISTAN. ENFIN, DE QUELQUE PART PAR LÀ...
YOGOUGNOFF BALLÉLÉ KLOP KLOP ...
?
GUAYAPU BERLOFF
QU'EST-CE QU'ELLE DIT ?!
QU'ELLE VIENDRA VOUS FAIRE UNE INTRA-MUSCULAIRE À TROIS HEURES...

EH BEN, ÇA PROMET...
NE VOUS INQUIÉTEZ PAS. C'EST UNE HABITUDE À PRENDRE.
POLÉ POLÉ
ET CELLE-LÀ, QUI C'EST ?
UNE PAPAZIENNE. ELLE VIENT PRENDRE LA COMMANDE DES DÉJEUNERS.
QUOI MIAM MIAM, CE MIDI ?
KOTT KOTT KOÔÔTT...
AH ! DU BLANC DE POULET...
SCHRITCH SCRIIITCH...
AVEC DE LA PURÉE...
FROUIIITCH FROUIIITCH
...ET DE LA COMPOTE DE POMMES.
OK. JE PRENDS.
MIAM, ÇA A L'AIR BON...
JE PRENDRAI LA MÊME CHOSE.
PRRRTZ
CROUIIK !
KALOOM
QU'EST-CE QUE ÇA VEUT ENCORE DIRE ?
DJÔP
CROUIIIC !
QUE VOUS POUVEZ ALLER VOUS BROSSER. QUE VOUS DEVEZ RESTER À JEUN CAR VOUS ALLEZ ÊTRE OPÉRÉ DEMAIN MATIN.

EH! BEN BRAVO! IL Y A QUAND MÊME UNE AUTRE FAÇON DE LE DIRE...
SCRITCH SCRITCH
NE LEUR EN VEUILLEZ PAS. ELLES N'ONT PAS ENCORE EU LE TEMPS D'APPRENDRE NOTRE LANGUE. ELLES FONT CE QU'ELLES PEUVENT.
LE SOIR...
KAMOLÉ PAF PAF NIKOF
QUOI ENCORE ?
ELLE VEUT VOUS FAIRE PRENDRE CES MACHINS POUR QUE VOUS PASSIEZ UNE BONNE NUIT.
BON.
PORÉPOP ?
GLOP
GLOU GLOU GLOU
KAPOLÉNÉ TIANOF BÉLÉKÉ BÉRUTOMINO BRUÉÉÉRK
QU... QU'EST-CE QU'ELLE DIT ?
QUE C'EST CE CACHET QU'IL FALLAIT AVALER - PAS LE SUPPOSITOIRE.
402
PLUS TARD...
DITES, J'AI OUBLIÉ DE VOUS DEMANDER...
QUOI ?
LE CHIRURGIEN ?
AH, AH, AH, AUCUNE INQUIÉTUDE À AVOIR. IL PARLE LE FRANÇAIS COMME VOUS ET MOI.
OUF ! J'AIME MIEUX ÇA...

DEUX JOURS PLUS TARD...
OÙ SUIS-JE ? ...
AH, AH, AH, TOUJOURS À L'HÔPITAL. ILS SONT VENUS VOUS CHERCHER HIER DANS LA MATINÉE, ET VOUS ONT RAMENÉ DANS L'APRÈS-MIDI. DEPUIS, VOUS N'AVEZ CESSÉ DE DORMIR.
L'OPÉRATION A L'AIR DE S'ÊTRE BIEN PASSÉE...
C'EST VRAI. J'AVOUE QUE JE N'AI RIEN SENTI.
JE NE VOUDRAIS PAS ME MONTRER INDISCRET, MAIS DE QUOI VOUS A-T-ON OPÉRÉ, AU JUSTE ?
J'AVAIS DES CALCULS À LA VÉSICULE BILIAIRE.
AH ?...
QUOI, AH ?
PAS DE PANIQUE...
...QUAND JE SUIS ENTRÉ ICI, C'ÉTAIT POUR L'ABLATION D'UNE PARTIE DE LA GLANDE THYROÏDE...
QUAND JE SUIS REVENU DE LA SALLE D'OP', ON M'AVAIT ENLEVÉ UN MÉNISQUE...
QUAND ILS SE SONT APERÇUS DE L'ERREUR, JE SUIS REPASSÉ SUR LE BILLARD, ET MAINTENANT, TOUT EST RENTRÉ DANS L'ORDRE.
...VOUS M'AVIEZ POURTANT ASSURÉ QUE LE CHIRURGIEN PARLAIT NOTRE LANGUE !?...
MAIS CEST VRAI ! SEULEMENT, AVEC UNE ANESTHÉSISTE MALTAISIENNE, UNE INFIRMIÈRE KAUCHASIENNE ET UNE AUTRE TAURISSOISE, IL ARRIVE QU'ILS NE SE COMPRENNENT PAS TOUJOURS TRÈS BIEN.

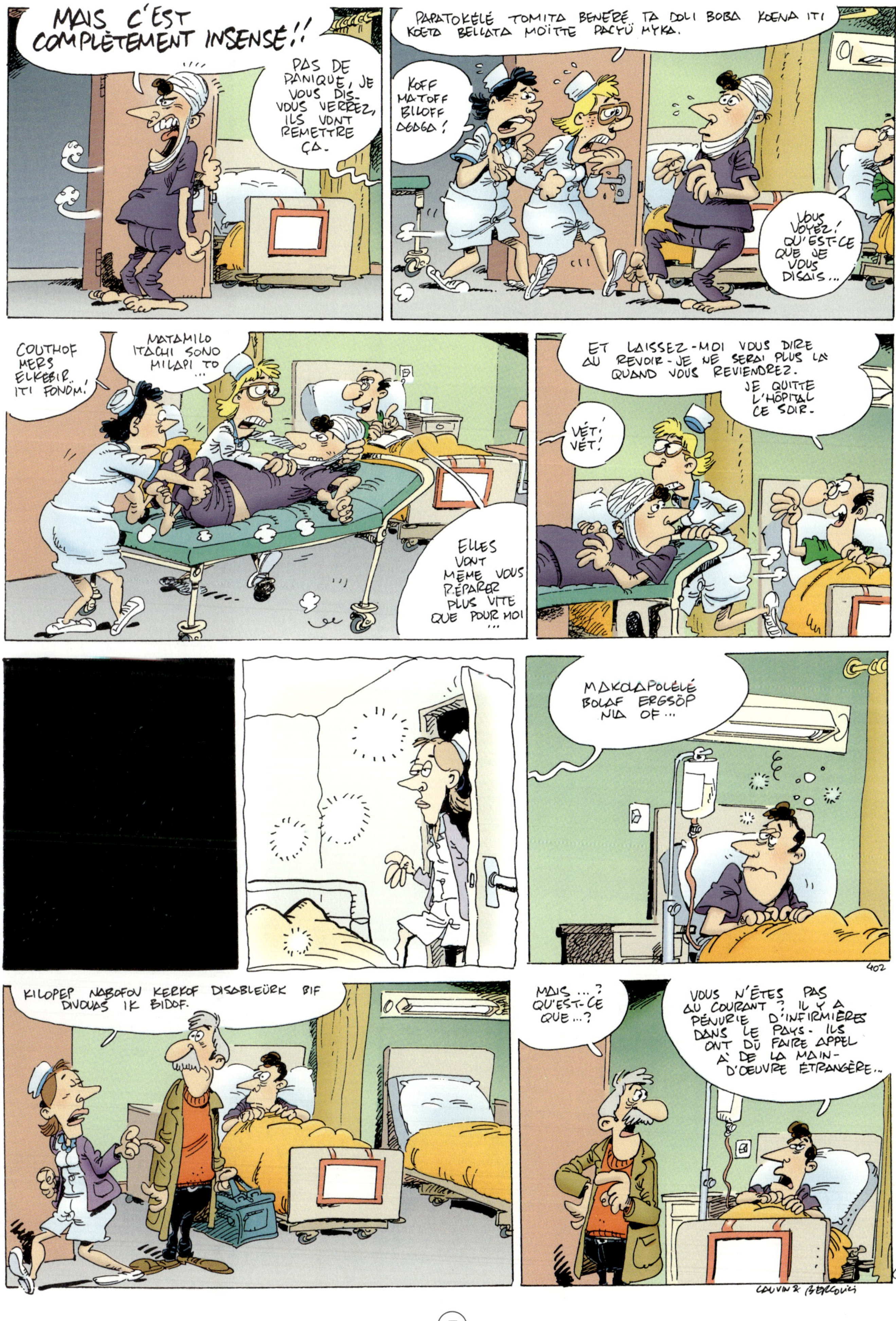
MAIS C'EST COMPLÈTEMENT INSENSÉ !!
PAS DE PANIQUE, JE VOUS DIS- VOUS VERREZ, ILS VONT REMETTRE ÇA.
PAPATOKÉLÉ TOMITA BENÉRÉ TA DOLI BOBA KOENA ITI KOETA BELLATA MOÏTTE PACYÜ HYKA.
KOFF MATOFF BILOFF AGAGA !
VOUS VOYEZ ! QU'EST-CE QUE JE VOUS DISAIS...
COUTHOF MERS ELKEBIR ITI FONÖM !
MATAMILO ITACHI SONO MILAPI TO ...
ELLES VONT MÊME VOUS RÉPARER PLUS VITE QUE POUR MOI ...
ET LAISSEZ-MOI VOUS DIRE AU REVOIR - JE NE SERAI PLUS LÀ QUAND VOUS REVIENDREZ. JE QUITTE L'HÔPITAL CE SOIR.
VÉT ! VÉT !
MAKOLAPOLÉLÉ BOLAF ERGSÖP NIA OF...
402
KILOPEP NABOFOU KERKOF DISABLEÜRK BIF DIVOUAS IK BIDOF.
MAIS ...? QU'EST-CE QUE...?
VOUS N'ÊTES PAS AU COURANT ? IL Y A PÉNURIE D'INFIRMIÈRES DANS LE PAYS. ILS ONT DÛ FAIRE APPEL À DE LA MAIN-D'OEUVRE ÉTRANGÈRE...
CAUVIN & BERCOVICI

À n'y rien comprendre...

C'EST QUOI, UN NODULE ?
UN PETIT RENFLEMENT CUTANÉ OU SOUS-CUTANÉ D'ORIGINE INFLAMMATOIRE GRAISSEUSE OU CALCAIRE.
ET... DE SCHMORL ?
SAIS PAS. ÇA FAIT PARTIE DU JARGON MÉDICAL, ET JE DOIS VOUS AVOUER QUE, MOI-MÊME, JE NE COMPRENDS PAS TOUJOURS...
ET... LA MALADIE DE SCHEUERMANN ?
C'EST UNE AFFECTION DE L'ADOLESCENCE DUE À UNE ALTÉRATION DU CARTILAGE DES VERTÈBRES.
ELLE PEUT ENTRAÎNER UNE DÉFORMATION DU RACHIS ET LA CONSTITUTION D'HERNIES DISCALES.
GRAT GRAT
ALORS, QU'EST-CE QU'ON FAIT ?
ON CONTINUE COMME AVANT...
CLIC
ANTI-INFLAMMATOIRE ET ANTIDOULEUR. SI BESOIN ÉTAIT, ON RECOURRAIT À LA CORTICOTHÉRAPIE.
À... À LA QUOI ?!
L'UTILISATION DE CORTISONE, SI CELA S'AVÉRAIT NÉCESSAIRE.
LE MALHEUR, VOYEZ-VOUS, C'EST QUE CES MÉDICAMENTS SOULAGENT, MAIS S'ACCOMPAGNENT SOUVENT D'EFFETS SECONDAIRES. VOUS DEVREZ SÛREMENT EN PRENDRE DE NOUVEAUX POUR PALLIER CES EFFETS.
MAIS CHAQUE CHOSE EN SON TEMPS, HEIN ?...
HA HA
AU PLAISIR, MADAME LOUBRIS.
MAIS ENFIN, CHÉRIE, C'EST RIDICULE ! QU'EST-CE QUI TE POUSSE À VOULOIR ALLER CONSULTER UN REBOUTEUX, D'UN SEUL COUP ?
JE NE COMPRENDS PLUS RIEN À LA MÉDECINE TRADITIONNELLE...

Corps étranger

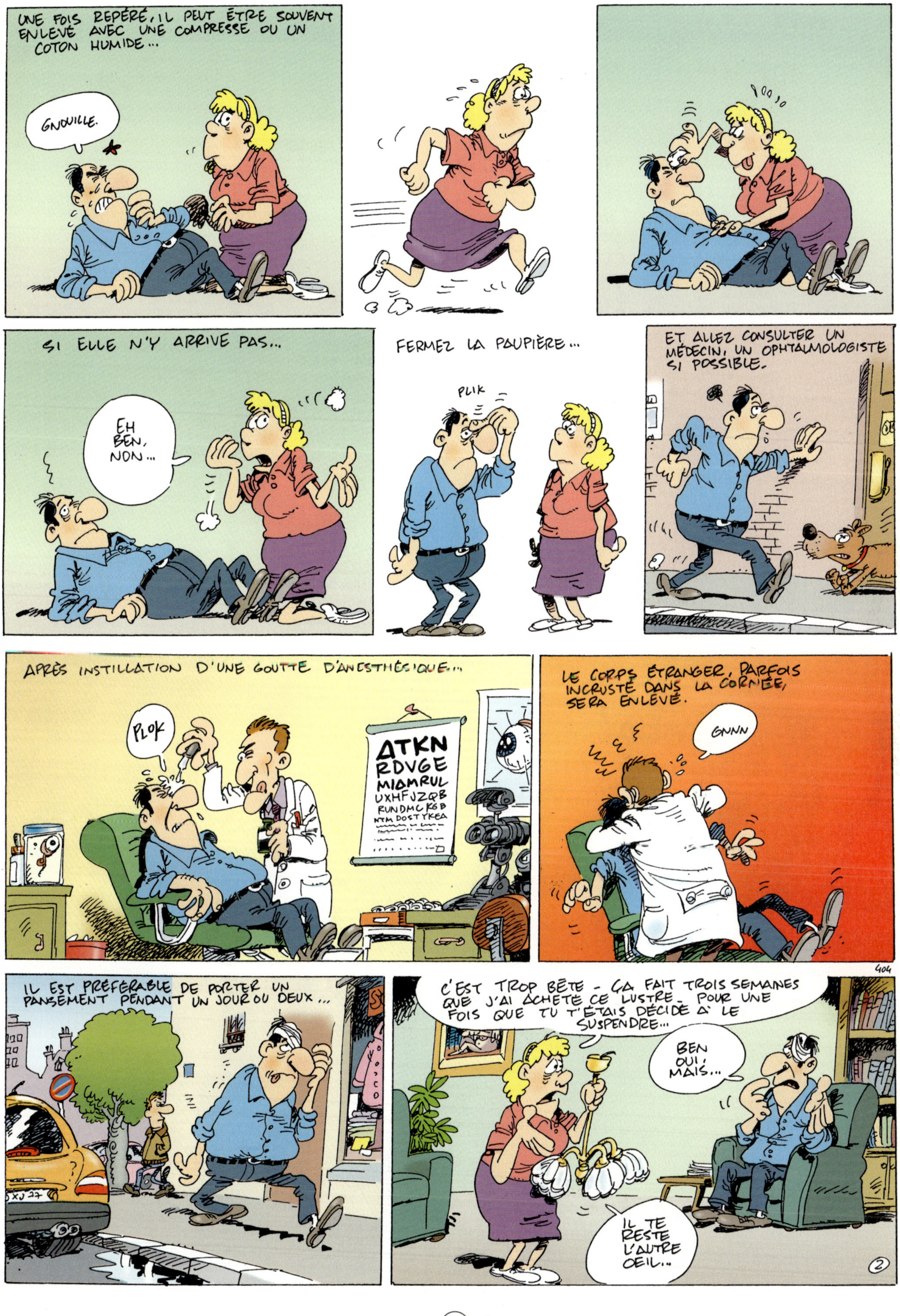

UNE FOIS REPÉRÉ, IL PEUT ÊTRE SOUVENT ENLEVÉ AVEC UNE COMPRESSE OU UN COTON HUMIDE...
GNOUILLE.
SI ELLE N'Y ARRIVE PAS...
EH BEN, NON...
FERMEZ LA PAUPIÈRE...
PLIK
ET ALLEZ CONSULTER UN MÉDECIN, UN OPHTALMOLOGISTE SI POSSIBLE.
APRÈS INSTILLATION D'UNE GOUTTE D'ANESTHÉSIQUE...
PLOK
ATKN
RDVGE
MIAMRUL
UXHFJZQB
RUNDMCKGB
NTMDOSTYKEA
LE CORPS ÉTRANGER, PARFOIS INCRUSTÉ DANS LA CORNÉE, SERA ENLEVÉ.
GNNN
IL EST PRÉFÉRABLE DE PORTER UN PANSEMENT PENDANT UN JOUR OU DEUX...
C'EST TROP BÊTE - ÇA FAIT TROIS SEMAINES QUE J'AI ACHETÉ CE LUSTRE. POUR UNE FOIS QUE TU T'ÉTAIS DÉCIDÉ À LE SUSPENDRE...
BEN OUI, MAIS...
IL TE RESTE L'AUTRE OEIL...

BRRRRRR... VRRRRRR
REPLIK!
?!!
OH NON...
VOUS AVEZ REÇU UN CORPS ÉTRANGER SOLIDE DANS L'OEIL. VOUS...
JE SAIS!
PAMELA!
GNNNNNN!
LA!

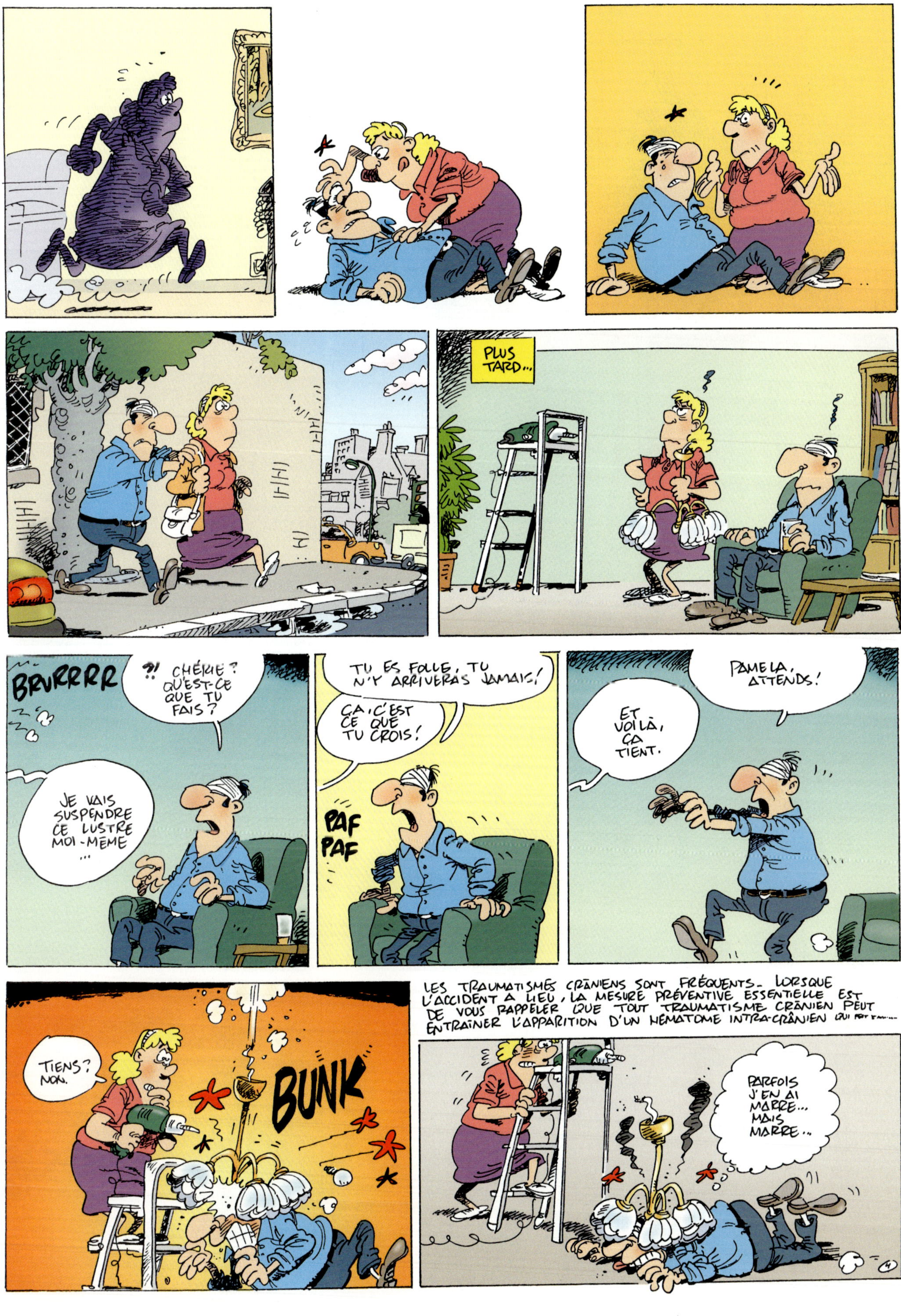
PLUS TARD...
BRVRRRR
?! CHÉRIE ? QU'EST-CE QUE TU FAIS ?
JE VAIS SUSPENDRE CE LUSTRE MOI-MÊME ...
TU ES FOLLE, TU N'Y ARRIVERAS JAMAIS !
ÇA, C'EST CE QUE TU CROIS !
PAF PAF
PAMELA, ATTENDS !
ET VOILÀ, ÇA TIENT.
TIENS ? NON.
BUNK
LES TRAUMATISMES CRÂNIENS SONT FRÉQUENTS. LORSQUE L'ACCIDENT A LIEU, LA MESURE PRÉVENTIVE ESSENTIELLE EST DE VOUS RAPPELER QUE TOUT TRAUMATISME CRÂNIEN PEUT ENTRAÎNER L'APPARITION D'UN HÉMATOME INTRA-CRÂNIEN
PARFOIS J'EN AI MARRE... MAIS MARRE...

Bonne à tout faire

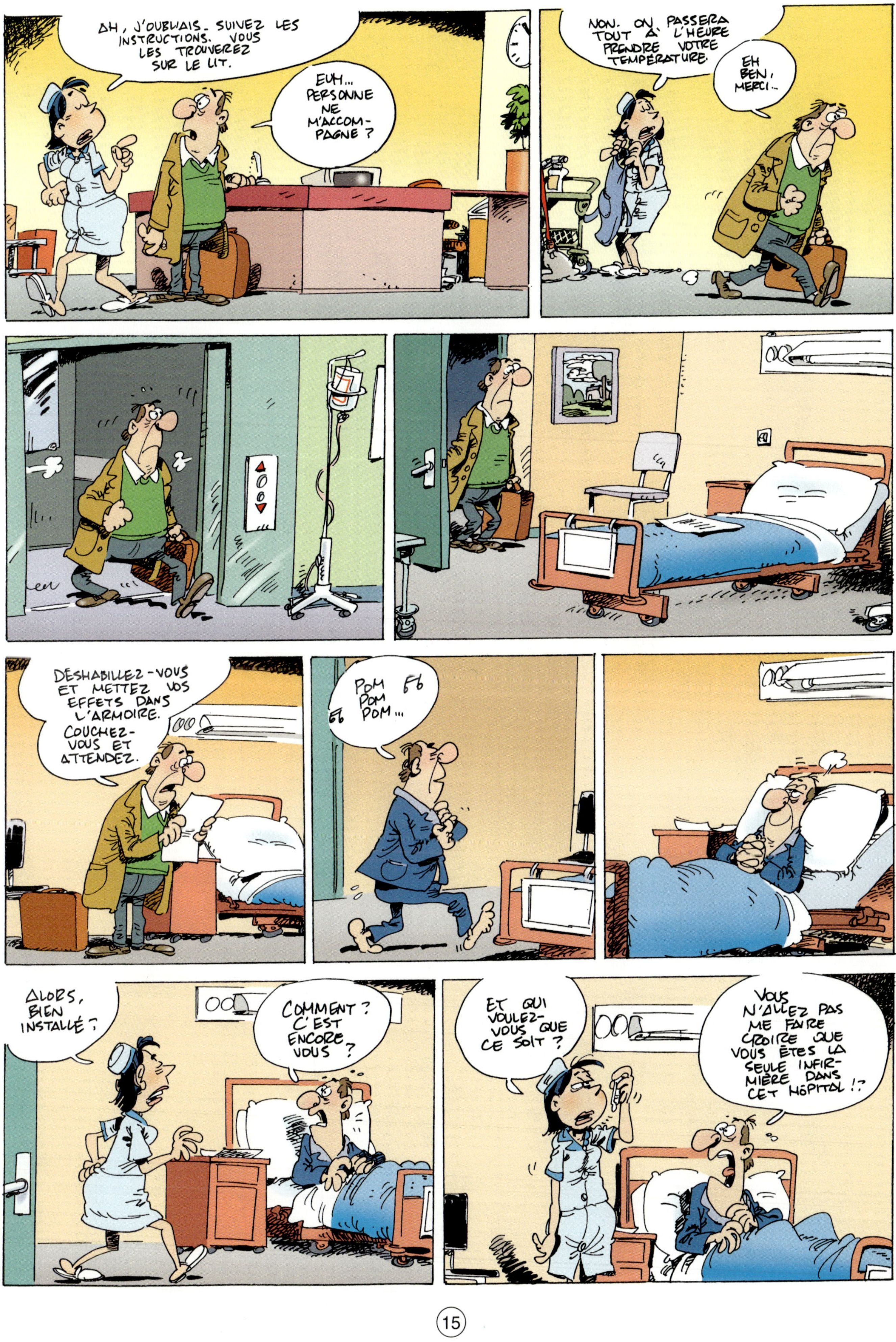
AH, J'OUBLIAIS. SUIVEZ LES INSTRUCTIONS. VOUS LES TROUVEREZ SUR LE LIT.
EUH... PERSONNE NE M'ACCOMPAGNE ?
NON. ON PASSERA TOUT À L'HEURE PRENDRE VOTRE TEMPÉRATURE.
EH BEN, MERCI...
DÉSHABILLEZ-VOUS ET METTEZ VOS EFFETS DANS L'ARMOIRE.
COUCHEZ-VOUS ET ATTENDEZ.
POM POM POM...
ALORS, BIEN INSTALLÉ ?
COMMENT ? C'EST ENCORE VOUS ?
ET QUI VOULEZ-VOUS QUE CE SOIT ?
VOUS N'ALLEZ PAS ME FAIRE CROIRE QUE VOUS ÊTES LA SEULE INFIRMIÈRE DANS CET HÔPITAL !?

SI ! IL Y A SIX MOIS, NOUS ÉTIONS ENCORE VINGT ET UNE À NOUS PARTAGER LES SERVICES...
ET PUIS, DE RESTRUCTURATION EN RESTRUCTURATION...
OUVREZ LA BOUCHE.
LA SEMAINE DERNIÈRE, ILS ONT REMERCIÉ LA DERNIÈRE COLLÈGUE QUI TRAVAILLAIT ENCORE AVEC MOI. À PRÉSENT, JE SUIS SEULE.
KLOK
EH BEN, MECHI...
ILS ONT AUSSI REMERCIÉ TOUT LE PERSONNEL D'ENTRETIEN. ALORS, JE DOIS M'OCCUPER DE TOUT.
PRENDRE LES POUSSIÈRES, NETTOYER LES COULOIRS, PRÉPARER LES CHAMBRES...
...M'OCCUPER DES REPAS, MAIS AUSSI RÉCEPTIONNER LES PATIENTS, ET LEUR APPORTER TOUS LES SOINS QUE NÉCESSITE LEUR ÉTAT...
OUVREZ !
KLOPS
C'EST BON. CE SOIR, AVANT DE VOUS ENDORMIR, VOUS PRENDREZ DEUX CACHETS.
CE SERA TOUT POUR AUJOURD'HUI.
LE LENDEMAIN...
BLOC C
EH BEN, MERCI...
AH ! ENFIN !... DEPUIS LE TEMPS QU'ON ATTEND...
ON POURRA COMMENCER DÈS QUE VOUS SEREZ PRÊTE...
RELEVEZ UN PEU LA TÊTE, VOULEZ-VOUS ?

JE SUIS PRÊTE, DOCTEUR.
PCHHH...
PARFAIT, ON PEUT Y ALLER.
SCALPEL.
ÇA VA ?
LE DOCTEUR PRÉFÉRERAIT QUE VOUS RESTIEZ ALLONGÉ UN PEU. ENFIN, AUJOURD'HUI. À SON AVIS, DÈS DEMAIN, VOUS DEVRIEZ ÊTRE SUR PIED ET EN MESURE DE QUITTER L'HÔPITAL POUR RENTRER CHEZ VOUS.
AH ?
EN ATTENDANT, PRENEZ BIEN UN DE CES CACHETS TOUTES LES DEUX HEURES ... VOTRE TEMPÉRATURE, AUSSI.
SI VOUS DEVIEZ FAIRE UN BESOIN NATUREL, NE VOUS LEVEZ SURTOUT PAS. J'AI PLACÉ UN URINAL À CÔTÉ DE VOUS.
SI QUELQUE CHOSE N'ALLAIT PAS, INUTILE D'APPELER. LA SONNERIE NE FONCTIONNE PAS.
JE VOUS AI AMENÉ QUELQUES REVUES AU CAS OÙ LE TEMPS VOUS SEMBLERAIT EXCEPTIONNELLEMENT LONG...
AU REVOIR.
PLAF
SLAM
EH BEN, MERCI...

ÇA VA ?
VOUS AVEZ BIEN DORMI ?
MAIS... MAIS...
... OÙ EST L'INFIRMIÈRE ?
L'INFIRMIÈRE ? ELLE DOIT ÊTRE AU BUREAU DE CHÔMAGE À L'HEURE QU'IL EST. ELLE A ÉTÉ REMERCIÉE HIER. RESTRUCTURATION OBLIGE ...
CE SONT VOS VÊTEMENTS ?
EUH... OUI...
IL N'Y A DONC PLUS UNE SEULE INFIRMIÈRE DANS CET HÔPITAL ?
PLUS AUCUNE !
À QUOI SERVIRAIT-ELLE, D'AILLEURS, PUISQU'IL N'Y A PLUS DE MÉDECINS NON PLUS ?
VOUS PERMETTEZ QUE JE VOUS AIDE ?
AH, J'OUBLIAIS DE VOUS DIRE... IL N'Y A PLUS DE PATIENTS NON PLUS. VOUS ÉTIEZ LE DERNIER.
JE... JE NE COMPRENDS PAS...
ILS ONT DÉCIDÉ QUE CE CENTRE N'ÉTAIT PLUS RENTABLE. ILS L'ONT RELOCALISÉ AILLEURS. RESTRUCTURATION OBLIGE...
MAIS... QUE VA DEVENIR CE BÂTIMENT, ALORS ?
BEN, JUSTEMENT...
C'EST BON, MARCEL. TU PEUX Y ALLER. Y A PLUS PERSONNE !
VROOOO
VRRMMM
LES RESTRUCTURATIONS... EH BEN MERCI !...
CAUVIN & BERCOVICI

Le syndrome du canal carpien

DANS L'EAU CHAUDE, ALORS
ÇA M'A RIEN FAIT NON PLUS.
EH BIEN, ESSAIE DANS L'EAU TIÈDE!
PLIK
ON DIRAIT QUE ÇA VA MIEUX.
CE N'EST PAS TROP TÔT.
CLIC
RRRR
LE LENDEMAIN MATIN...
SI CE N'EST PAS MALHEUREUX! REGARDE UN PEU LA TÊTE QUE J'AI, PAR TA FAUTE.
PLOF
CHÉRIE! C'EST AFFREUX! J'AI LES DOIGTS TELLEMENT ENGOURDIS QUE JE NE PARVIENS MÊME PLUS À BOUCLER MA CEINTURE!..
FERNAND, TU VAS ME FAIRE LE PLAISIR D'ALLER CONSULTER UN MÉDECIN.
QUE VEUX-TU QU'IL ME FASSE?
FERNAND, OU TU CONSULTES, OU JE RETOURNE CHEZ MA MÈRE!
TU... TU N'ES PAS SÉRIEUSE!?
SI.

PLUS TARD...
C'EST GRAVE, DOCTEUR ?
NOOON. VOUS SOUFFREZ DE CE QU'ON APPELLE LE SYNDROME DU CANAL CARPIEN.
VOYEZ-VOUS, CE CANAL EST COMME UN TUNNEL SE SITUANT AU NIVEAU DU POIGNET. IL EST CONSTITUÉ PAR L'OS ET UN LIGAMENT DANS LEQUEL PASSENT LES TENDONS ET LE NERF MÉDIAN.
S'IL Y A GONFLEMENT, LE NERF EST COINCÉ ET CELA DONNE LES SYMPTÔMES QUE VOUS PRÉSENTEZ.
UN GONFLEMENT ?
IL PEUT SURVENIR TOUT SIMPLEMENT À LA SUITE D'UNE INFLAMMATION DES LIGAMENTS ET DES TENDONS.
... ON SOIGNE ÇA COMMENT ?
NOUS ALLONS D'ABORD VOUS FAIRE PASSER UNE RADIOGRAPHIE DU POIGNET, PUIS UNE ÉLECTROMYOGRAPHIE...
ENSUITE, NOUS PASSERONS À QUELQUES INFILTRATIONS DE CORTISONE. S'IL Y A UN MIEUX, ON S'ARRÊTERA LÀ...
SINON ?
IL VOUS FAUDRA PASSER PAR UNE PETITE INTERVENTION CHIRURGICALE.
AH NOOOON!
AH SI.
UNE SEMAINE PLUS TARD...
BZZZZ...
KLAK
UNE AUTRE SEMAINE PLUS TARD...
ET ENCORE UNE SEMAINE PLUS TARD...

UNE SEMAINE APRÈS...
ALORS ?
IL A TOUJOURS DES PICOTEMENTS, DOCTEUR.
C'EST PAS VRAI ! C'EST PAS VRAI !
AH NON ? JE N'AI À NOUVEAU PAS FERMÉ L'OEIL DE LA NUIT...
DANS CE CAS...
PAS L'OPÉRATION ! PAS L'OPÉRATION !
FERNAND...
QUINZE JOURS APRÈS...
DÉTENDEZ-VOUS, NOM DE NOM ! JE N'AI PAS ENCORE COMMENCÉ...
ET UN MOIS PLUS TARD...
ALORS ?
FORMIDABLE ! JE N'ÉPROUVE PLUS LE MOINDRE PICOTEMENT, ET EN PLUS, J'AI RETROUVÉ LA SENSIBILITÉ DE MES DOIGTS !
MA MAIN NE VOUS DIRA JAMAIS ASSEZ MERCI, DOCTEUR.
BAH !
FRANCHEMENT, JE NE TE COMPRENDS PAS, MA FILLE.
POURQUOI ES-TU REVENUE ?
TOUT S'EST BIEN TERMINÉ, FINALEMENT.
NON ?
POUR LA MAIN DROITE, OUI, MAMAN. MAIS MAINTENANT, C'EST LA GAUCHE QUI S'Y MET !
BOUH.

Mal... entendu

RADIOLOGIE
C'EST POUR UNE RADIO DES POUMONS...
ENTREZ DANS CETTE CABINE, ET DÉSHABILLEZ-VOUS...
TRÈS BIEN. AVANCEZ D'UN PAS, S'IL VOUS PLAÎT.
!
TRÈS BIEN.
À PRÉSENT, VOUS ALLEZ APPUYER FORTEMENT VOTRE POITRINE SUR LA PAROI DEVANT VOUS, EN ÉCARTANT BIEN LES BRAS. BIEN, TRÈS BIEN.
BLOP

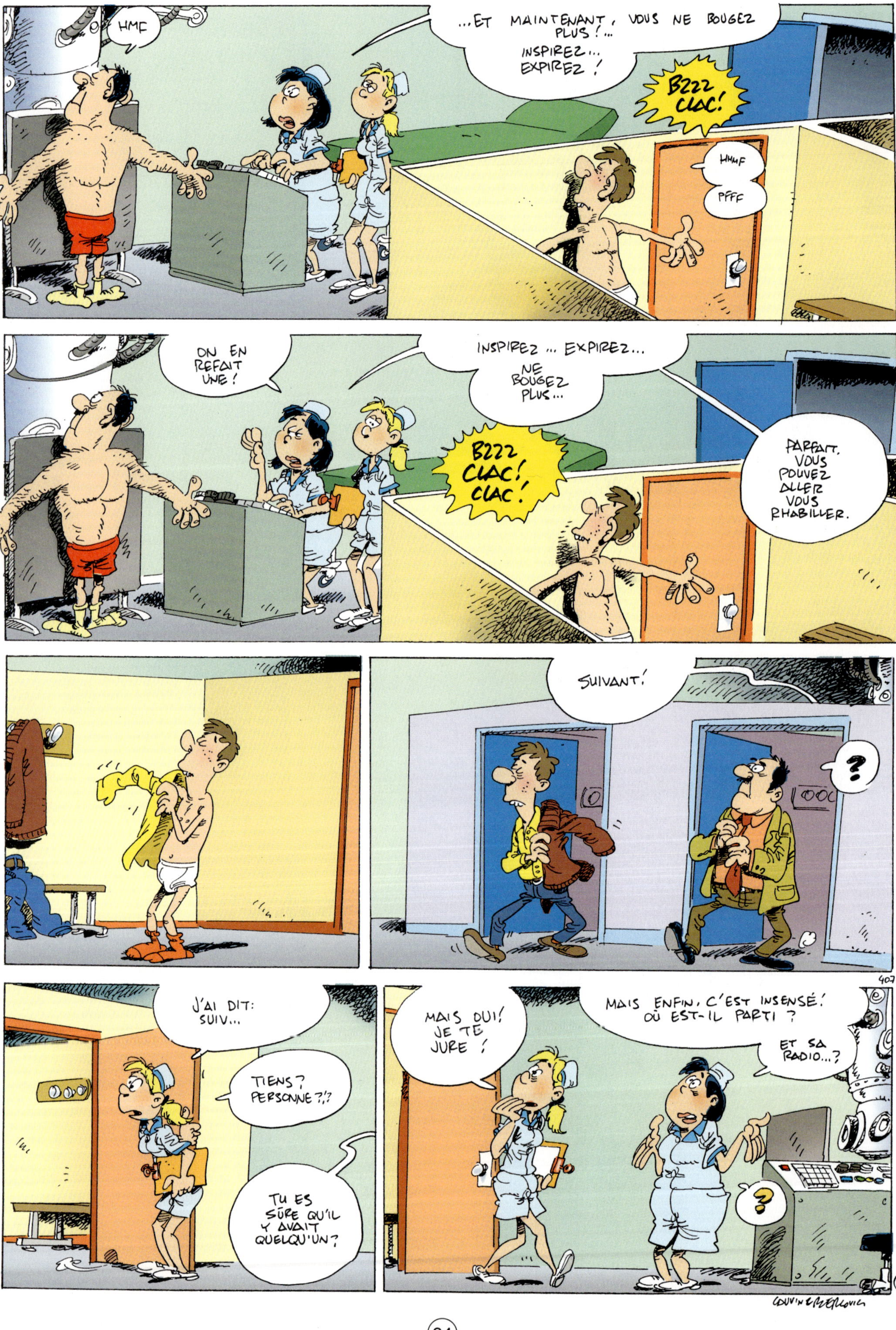
HMF
...ET MAINTENANT, VOUS NE BOUGEZ PLUS!...
INSPIREZ... EXPIREZ!
BZZZ CLAC!
HMMF
PFFF
ON EN REFAIT UNE!
INSPIREZ... EXPIREZ...
NE BOUGEZ PLUS...
BZZZ CLAC! CLAC!
PARFAIT. VOUS POUVEZ ALLER VOUS RHABILLER.
SUIVANT!
?
J'AI DIT: SUIV...
TIENS? PERSONNE?!?
TU ES SÛRE QU'IL Y AVAIT QUELQU'UN?
MAIS OUI! JE TE JURE!
MAIS ENFIN, C'EST INSENSÉ! OÙ EST-IL PARTI?
ET SA RADIO...?
?
CAUVIN & BERCOVICI

Se faire comprendre...

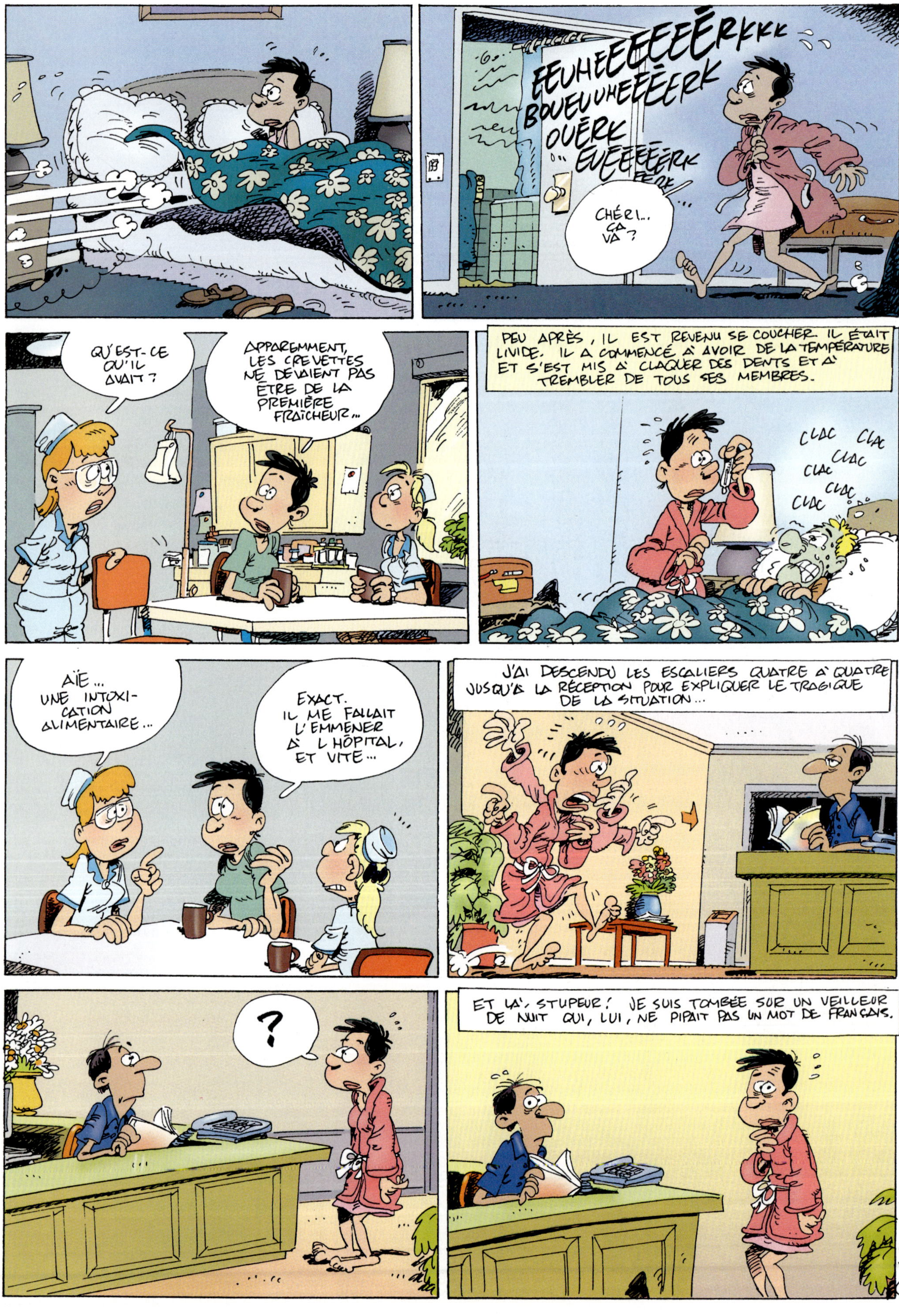

EEUHEEEEEÉRKKK
BOUEUUHEEÉÉRK
OUÈRK
EUÈÈÈÉRK
CHÉRI... ÇA VA ?
QU'EST-CE QU'IL AVAIT ?
APPAREMMENT, LES CREVETTES NE DEVAIENT PAS ÊTRE DE LA PREMIÈRE FRAÎCHEUR...
PEU APRÈS, IL EST REVENU SE COUCHER. IL ÉTAIT LIVIDE. IL A COMMENCÉ À AVOIR DE LA TEMPÉRATURE ET S'EST MIS À CLAQUER DES DENTS ET À TREMBLER DE TOUS SES MEMBRES.
CLAC CLAC CLAC CLAC CLAC CLAC
AÏE... UNE INTOXICATION ALIMENTAIRE...
EXACT. IL ME FALLAIT L'EMMENER À L'HÔPITAL, ET VITE...
J'AI DESCENDU LES ESCALIERS QUATRE À QUATRE JUSQU'À LA RÉCEPTION POUR EXPLIQUER LE TRAGIQUE DE LA SITUATION...
?
ET LÀ, STUPEUR ! JE SUIS TOMBÉE SUR UN VEILLEUR DE NUIT QUI, LUI, NE PIPAIT PAS UN MOT DE FRANÇAIS.

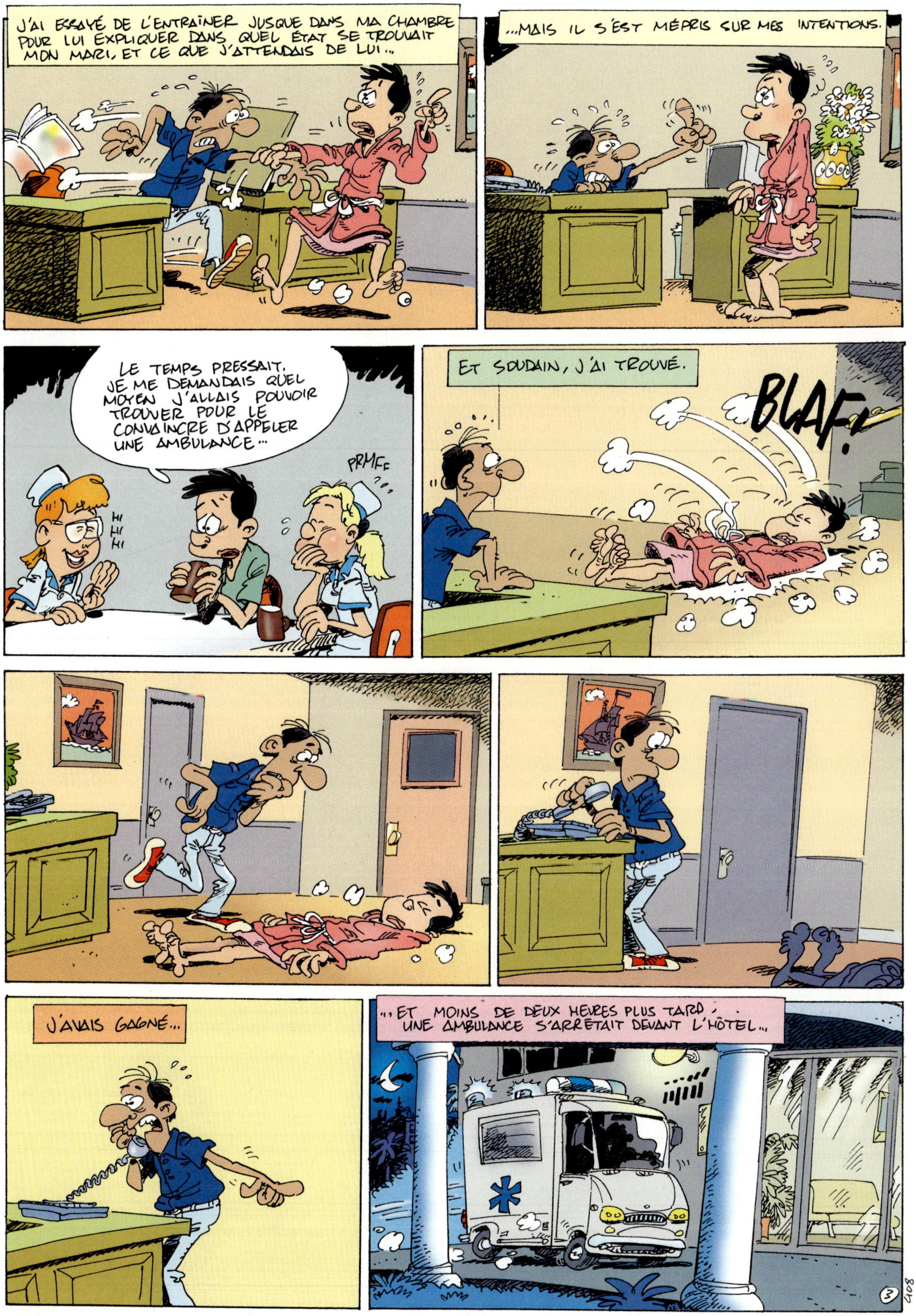
J'AI ESSAYÉ DE L'ENTRAINER JUSQUE DANS MA CHAMBRE POUR LUI EXPLIQUER DANS QUEL ÉTAT SE TROUVAIT MON MARI, ET CE QUE J'ATTENDAIS DE LUI...
...MAIS IL S'EST MÉPRIS SUR MES INTENTIONS.
LE TEMPS PRESSAIT. JE ME DEMANDAIS QUEL MOYEN J'ALLAIS POUVOIR TROUVER POUR LE CONVAINCRE D'APPELER UNE AMBULANCE...
HI HI HI
PRMFF
ET SOUDAIN, J'AI TROUVÉ.
BLAF!
J'AVAIS GAGNÉ...
...ET MOINS DE DEUX HEURES PLUS TARD, UNE AMBULANCE S'ARRÊTAIT DEVANT L'HÔTEL...

GAGNÉ... ENFIN PRESQUE, PARCE QU'AU DÉBUT, C'EST MOI QU'ILS ONT VOULU EMMENER...
?
?
HMPF ?
IL ME FALLAIT TROUVER UNE AUTRE SOLUTION, ET VITE...
HOU HOU
JE L'AI TROUVÉE...
BONK BONK BONK
CLAC CLAC CLACLACLAC CLACLACLAC CLAC
HIHIHI... POURQUOI TU NE L'AS PAS DESCENDU PAR L'ASCENSEUR ? HI,HI...
QUEL ASCENSEUR ?
TOUJOURS EST-IL QUE, TROIS HEURES PLUS TARD, NOUS ARRIVIONS À L'HÔPITAL..
IIIIIOOOUUUU...
H
ET LÀ, NOUVEAU DILEMME... COMMENT EXPLIQUER À L'ÉQUIPE SOIGNANTE CE QUI ÉTAIT ARRIVÉ À MON MARI ?
CLAC CLAC CLAC CLAC CLAC CLAC CLAC
SEULE SOLUTION, MIMER.
?
?
MIAM MIAM GLOP MIAM
CLAC CLAC

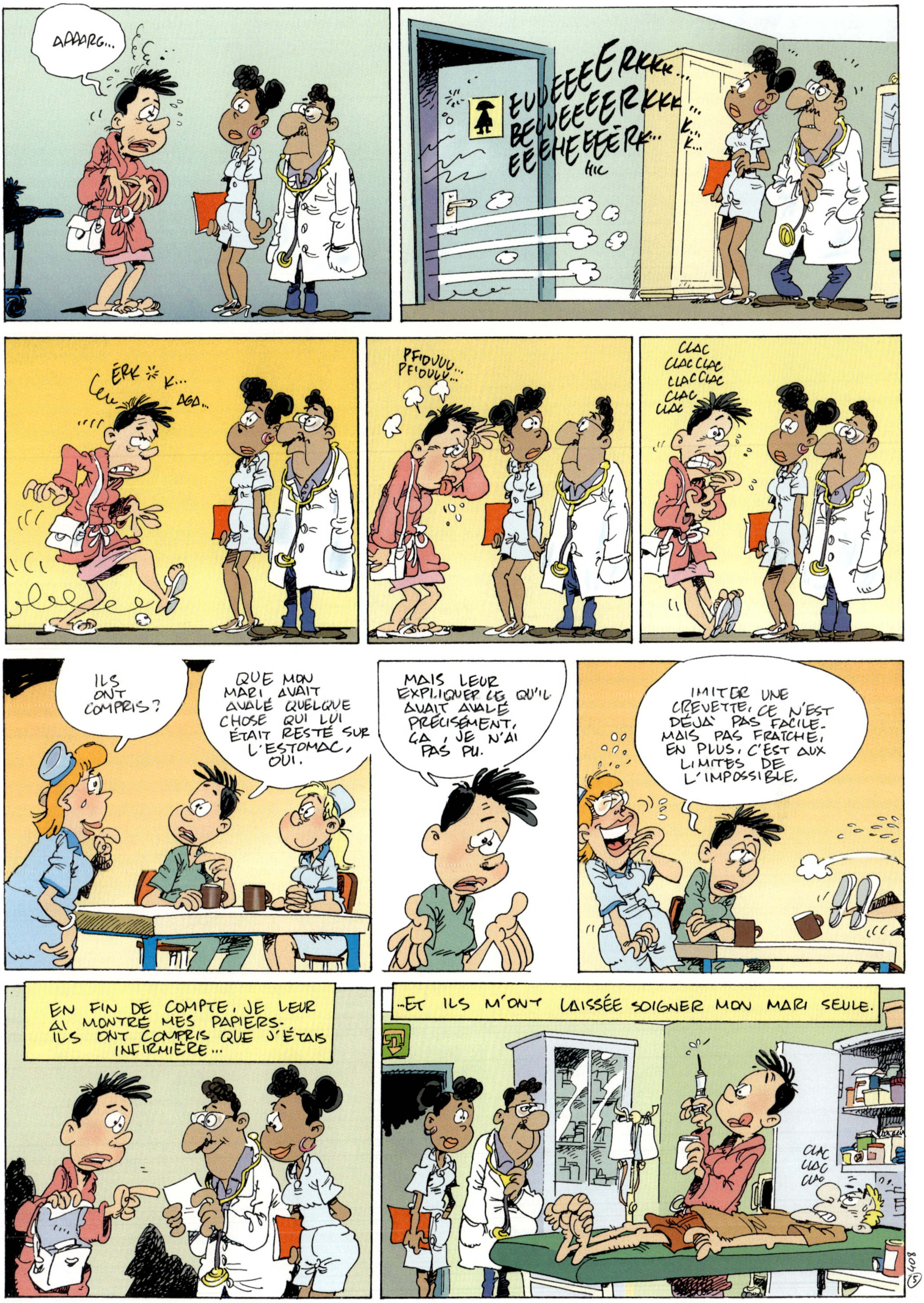
AAAARG...
EUUEEEEERKKK...
BEUUEEEEERKKK...
EEEHEEEERK...
K...
K...
HIC
ÉRK K... AGA...
PFIOUUU... PFIOUUU...
CLAC CLAC CLAC CLAC CLAC CLAC CLAC CLAC
ILS ONT COMPRIS ?
QUE MON MARI AVAIT AVALÉ QUELQUE CHOSE QUI LUI ÉTAIT RESTÉ SUR L'ESTOMAC, OUI.
MAIS LEUR EXPLIQUER CE QU'IL AVAIT AVALÉ PRÉCISÉMENT, ÇA, JE N'AI PAS PU.
IMITER UNE CREVETTE, CE N'EST DÉJÀ PAS FACILE. MAIS PAS FRAÎCHE, EN PLUS, C'EST AUX LIMITES DE L'IMPOSSIBLE.
EN FIN DE COMPTE, JE LEUR AI MONTRÉ MES PAPIERS. ILS ONT COMPRIS QUE J'ÉTAIS INFIRMIÈRE...
...ET ILS M'ONT LAISSÉE SOIGNER MON MARI SEULE.
CLAC CLAC CLAC

APRÈS UN BON LAVAGE D'ESTOMAC, IL S'EST TOUT DE SUITE SENTI MIEUX...
TAP TAP
ET NOUS AVONS PU PASSER LE RESTE DES VACANCES BEAUCOUP PLUS PAISIBLEMENT.
BÈÈÈÈEEP!
UNE URGENCE !
?
?
!
!
CLAC CLAC
CLAC CLAC CLAC CLAC
PLUS TARD...
FAUT AVOUER QUE SON INTERPRÉTATION DES FAITS N'ÉTAIT PAS MAL NON PLUS...
PAR CONTRE, SON MIME DE L'HUÎTRE PAS FRAÎCHE N'ÉTAIT PAS TERRIBLE. ON A DÛ DEVINER.
NE RIEZ PAS ! VOUS VOYEZ BIEN, CE GENRE D'HISTOIRE PEUT ARRIVER À TOUT LE MONDE...
408
6

Ici ou ailleurs

BON, D'ACCORD ! ON VOUS OFFRE LA CHAMBRE INDIVIDUELLE AVEC LE TÉLÉPHONE ET LA TÉLÉVISION, ET TOUS LES FRAIS SERONT PRIS EN CHARGE PAR L'HÔPITAL. ÇA VOUS VA COMME ÇA ?
IL Y VA DE NOTRE RÉPUTATION...
EUH... UNE QUESTION, DOCTEUR...
MAIS JE VOUS EN PRIE...
Y AURA-T-IL UNE INFIRMIÈRE PRÉSENTE PENDANT L'INTERVENTION ? VOUS COMPRENEZ, EN CAS COMPLICATIONS... POUR ÉVENTUELLEMENT PRÊTER MAIN-FORTE AU GYNÉCOLOGUE...
S'IL Y AURA UNE INFIRMIÈRE ?! HA HA HA HA HA
ALORS LÀ, JE VOUS LE GARANTIS ! JE VOUS LE JURE ! JE VOUS EN DONNE MA PAROLE !!!
ET JE PUIS VOUS ASSURER QU'ELLE NE QUITTERA PAS LA SALLE AVANT QUE TOUT SOIT TERMINÉ !
EH BIEN ALORS, DANS CE CAS...
PLUS TARD...
FRANCHEMENT, JE NE TE COMPRENDS PAS. IL N'Y A PAS ENCORE SI LONGTEMPS, TU ÉTAIS AUX ANGES, ET À PRÉSENT, TU AS L'AIR TRACASSÉE...
IL Y A DE QUOI. JE VIENS DE ME RENDRE COMPTE QUE JE M'ÉTAIS LAISSÉE AVOIR COMME LA DERNIÈRE DES IDIOTES.
JE NE COMPRENDS PAS...
COMME JE SUIS SEULE DANS LE SERVICE, L'INFIRMIÈRE DONT IL PARLAIT...
C'ÉTAIT MOI.

Simulacre

APRÈS LA GREFFE DE LA MAIN, LA GREFFE DU VISAGE ?!... VOUS CROYEZ VRAIMENT CELA POSSIBLE, PROFESSEUR ?
ABSOLUMENT ...
À NOTRE ÉPOQUE, NOUS SOMMES ARRIVÉS, AVEC PLUS OU MOINS DE RÉUSSITE, À GREFFER DES MAINS. ALORS, JE ME SUIS DIT QUE LE TEMPS ÉTAIT PEUT-ÊTRE VENU DE PENSER À TENTER LA GREFFE D'UN VISAGE.
DES GREFFES DE PEAU Y ONT DÉJÀ ÉTÉ EFFECTUÉES, MAIS ON POURRAIT OBTENIR DE BIEN MEILLEURS RÉSULTATS...
COMMENT ?
EN GREFFANT, EN PLUS DE LA PEAU, LES MUSCLES, LES NERFS, LE NEZ, LES LÈVRES.
CE TYPE DE GREFFE POURRAIT SOULAGER CONSIDÉRABLEMENT DES GRANDS BRÛLÉS, DES VICTIMES DE MORSURES DE CHIEN, DES BLESSÉS PAR BALLES, ET J'EN PASSE...
VOUS ÊTES CONTENT ?
OH, OUI !
ÇA, JE VEUX BIEN LE CROIRE...
COMPTEZ-VOUS PASSER À L'ACTE BIENTÔT ?
NOUS SOMMES PASSÉS À L'ACTE.
QUOI ?! VOUS VOULEZ DIRE QU'À L'INSTANT OÙ NOUS PARLONS, UN PATIENT EST DÉJÀ PASSÉ SOUS VOTRE BISTOURI ?!!
TOUT À FAIT.
LE MALHEUREUX AVAIT ÉTÉ COMPLÈTEMENT DÉFIGURÉ SUITE À UNE DÉCHARGE DE CHEVROTINES ALORS QU'IL NETTOYAIT SON FUSIL DE CHASSE. J'AI APPORTÉ UNE PHOTO POUR QUE VOUS VOUS RENDIEZ COMPTE DE SON ÉTAT LORS DE SON ARRIVÉE À L'HÔPITAL.
GROS PLAN SUR LA PHOTO !

AAAAAAH!
AAAAAH!!!
AAAAH!?!
!!!
!?!
ÇA Y EST, QU'EST-CE QU'IL A ENCORE VU ?
GILBERT, JE T'AI DÉJÀ DEMANDÉ CENT FOIS DE NE PAS LAISSER LE PETIT, SEUL, DEVANT LA TÉLÉVISION...
V...VOUS AVEZ TROUVÉ UN DONNEUR ADÉQUAT ?
OUI. UN BRAVE HOMME TERRASSÉ PAR UNE CRISE CARDIAQUE LE MATIN MÊME.
L'OPÉRATION S'EST BIEN DÉROULÉE ?
LE MIEUX DU MONDE ! JE PEUX VOUS ASSURER QUE MON ÉQUIPE ET MOI-MÊME AVONS FAIT DU BON TRAVAIL.
S'IL LE DIT, C'EST QU'IL LE PENSE VRAIMENT.
VOUS ÊTES CONTENT ?
OH, OUI !
ÇA, JE VEUX BIEN LE CROIRE...

..ET VOUS ÊTES SATISFAIT DU RÉSULTAT ?
NOUS SERONS VITE FIXÉS...
CE SOIR MÊME, NOUS LUI ENLEVONS LES PANSEMENTS. SI TOUT A MARCHÉ COMME JE LE PENSE, ET SI SON ÉTAT LE PERMET, BIEN SÛR, DEMAIN MATIN IL SERA PRÉSENTÉ À LA PRESSE.
PLUS TARD...
NE CROYEZ-VOUS PAS QU'IL ÉTAIT UN PEU PRÉMATURÉ DE CONVOQUER LA PRESSE ?
MAIS NON, MAIS NON ! IL FAUT TOUJOURS CROIRE EN SA BONNE ÉTOILE.
ALLONS-Y !
CISEAUX !
CLIP CLIP
PLAF
?
? ?
QU... QU'EST-CE QUE C'ÉTAIT ?
UNE OREILLE, PROFESSEUR.
PLAF
OH NOOON ?!
SI ! L'AUTRE OREILLE...

PLOF
QUOI ENCORE ?
ON... ON DIRAIT QUE LE NEZ N'A PAS TENU NON PLUS.
LES LÈVRES! OÙ SONT LES LÈVRES ?!
LÀ, PROFESSEUR. REGARDEZ, ELLES SONT RESTÉES COLLÉES AUX BANDAGES.
QU'EST-CE QU'ON VA DIRE DEMAIN AUX MÉDIAS, MAINTENANT ?...
JE L'AVAIS DIT, QUE PARLER DE CETTE GREFFE AVANT D'AVOIR LES RÉSULTATS, C'ÉTAIT PRÉMATURÉ.
VOUS!
HEIN? QUOI, MOI ?!
C'EST VOUS QU'ON PRÉSENTERA DEMAIN AUX JOURNALISTES.
VOYONS, PROFESSEUR, VOUS NE PARLEZ PAS SÉRIEUSEMENT?

OH, QUE SI ! IL Y VA DE NOTRE RÉPUTATION ET DE LA RENOMMÉE DE CET HÔPITAL.
M. MAIS ...
IL N'Y A PAS À DISCUTER. VOUS DESCENDEZ L'AUTRE AU SOUS-SOL ET VOUS ALLEZ VOUS INSTALLER DANS SON LIT. J'AI CONVOQUÉ LA TÉLÉVISION POUR DEMAIN À 13 HEURES.
LE LENDEMAIN...
POUF POUF
C'EST BON !
ON PEUT COMMENCER !
C'EST UN MIRACLE, PROFESSEUR. UN VÉRITABLE MIRACLE. ON PEUT DIRE QUE GRÂCE À VOUS ET À VOTRE ÉQUIPE, AUJOURD'HUI ENCORE, LA MÉDECINE AURA FAIT UN GRAND BOND EN AVANT.
QUELQUES MOTS POUR LES TÉLÉSPECTATEURS QUI, COMME MOI, DÉCOUVRENT VOTRE INCROYABLE TRANSFORMATION ?...
BEN...
IL EST ENCORE TROP TÔT POUR RÉPONDRE À VOS QUESTIONS...
IL FAUT LUI LAISSER LE TEMPS DE S'HABITUER...
...ET SI JE VOUS DISAIS QUE, AUSSITÔT QUE TOUT CE REMUE-MÉNAGE SERA TERMINÉ, LE PROFESSEUR A DÉCIDÉ DE S'OCCUPER UNE NOUVELLE FOIS DE VOUS, VOUS SERIEZ CONTENT ?
NON.
ÇA... JE VEUX BIEN LE CROIRE...
CAUVIN-BERCOVICI

Les jumeaux

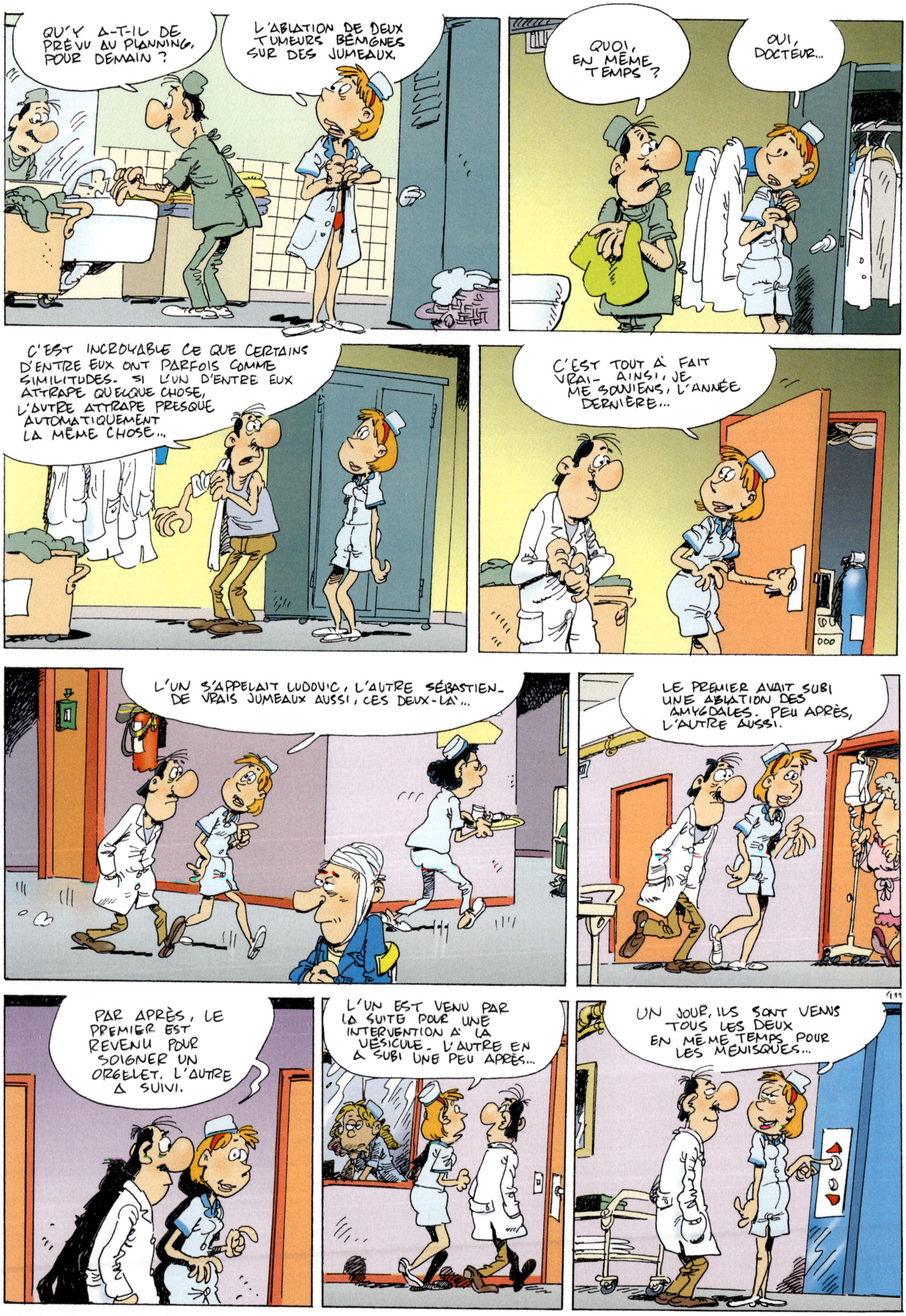
QU'Y A-T-IL DE PRÉVU AU PLANNING, POUR DEMAIN ?
L'ABLATION DE DEUX TUMEURS BÉNIGNES SUR DES JUMEAUX.
QUOI, EN MÊME TEMPS ?
OUI, DOCTEUR...
C'EST INCROYABLE CE QUE CERTAINS D'ENTRE EUX ONT PARFOIS COMME SIMILITUDES. SI L'UN D'ENTRE EUX ATTRAPE QUELQUE CHOSE, L'AUTRE ATTRAPE PRESQUE AUTOMATIQUEMENT LA MÊME CHOSE...
C'EST TOUT À FAIT VRAI. AINSI, JE ME SOUVIENS, L'ANNÉE DERNIÈRE...
L'UN S'APPELAIT LUDOVIC, L'AUTRE SÉBASTIEN. DE VRAIS JUMEAUX AUSSI, CES DEUX-LÀ...
LE PREMIER AVAIT SUBI UNE ABLATION DES AMYGDALES. PEU APRÈS, L'AUTRE AUSSI.
PAR APRÈS, LE PREMIER EST REVENU POUR SOIGNER UN ORGELET. L'AUTRE A SUIVI.
L'UN EST VENU PAR LA SUITE POUR UNE INTERVENTION À LA VÉSICULE. L'AUTRE EN A SUBI UNE PEU APRÈS...
UN JOUR, ILS SONT VENUS TOUS LES DEUX EN MÊME TEMPS POUR LES MÉNISQUES...

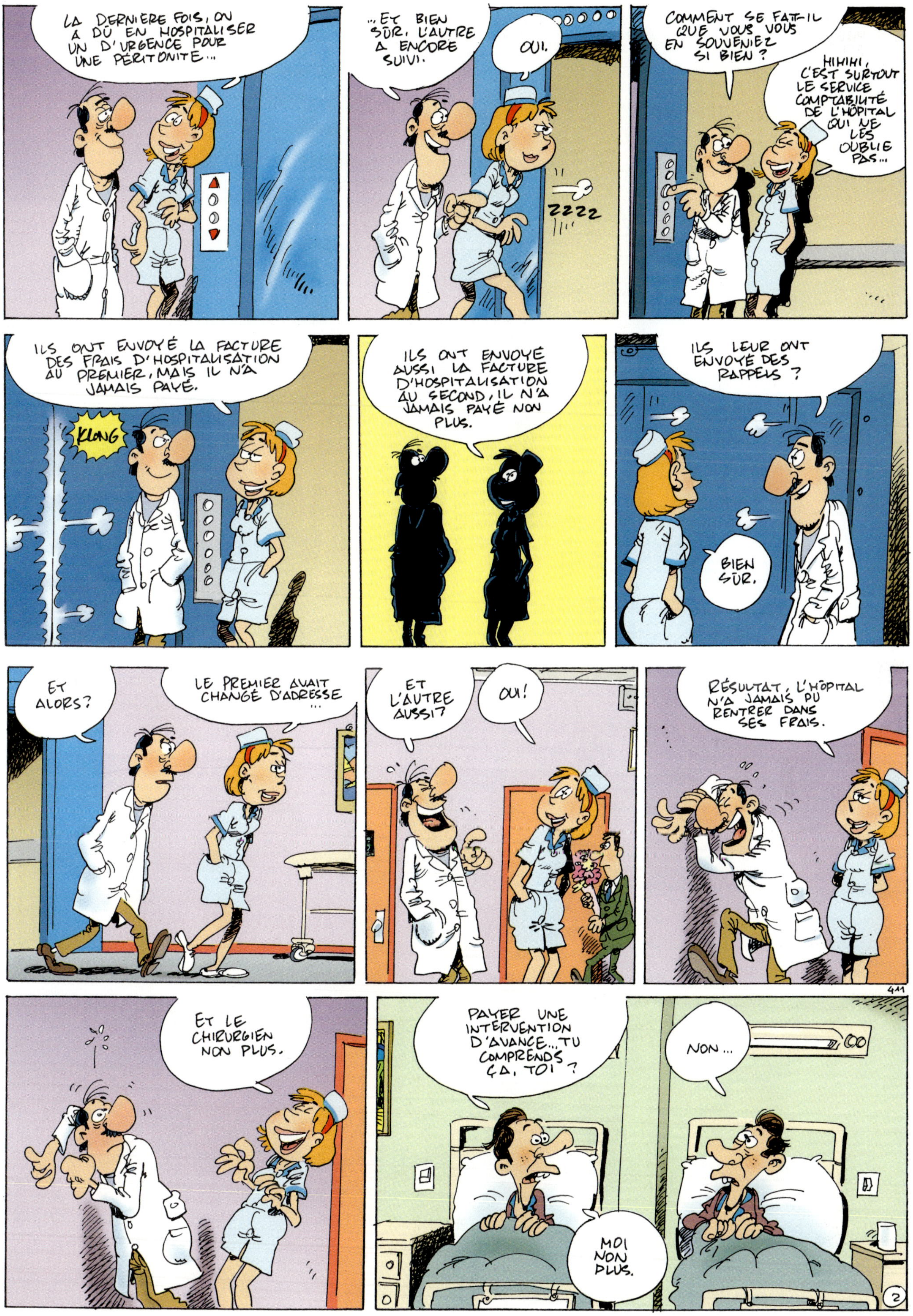
LA DERNIÈRE FOIS, ON A DÛ EN HOSPITALISER UN D'URGENCE POUR UNE PÉRITONITE...
...ET BIEN SÛR, L'AUTRE A ENCORE SUIVI.
OUI.
ZZZZ
COMMENT SE FAIT-IL QUE VOUS VOUS EN SOUVENIEZ SI BIEN ?
HIHIHI, C'EST SURTOUT LE SERVICE COMPTABILITÉ DE L'HÔPITAL QUI NE LES OUBLIE PAS...
ILS ONT ENVOYÉ LA FACTURE DES FRAIS D'HOSPITALISATION AU PREMIER, MAIS IL N'A JAMAIS PAYÉ.
KLONG
ILS ONT ENVOYÉ AUSSI LA FACTURE D'HOSPITALISATION AU SECOND, IL N'A JAMAIS PAYÉ NON PLUS.
ILS LEUR ONT ENVOYÉ DES RAPPELS ?
BIEN SÛR.
ET ALORS?
LE PREMIER AVAIT CHANGÉ D'ADRESSE ...
ET L'AUTRE AUSSI?
OUI!
RÉSULTAT, L'HÔPITAL N'A JAMAIS PU RENTRER DANS SES FRAIS.
ET LE CHIRURGIEN NON PLUS.
PAYER UNE INTERVENTION D'AVANCE... TU COMPRENDS ÇA, TOI ?
NON...
MOI NON PLUS.

Pause café

MATERNITÉ
SALLE D'ATTENTE
RÉCEPTION
HOPITAL
MONSIEUR LEMAIRE ?
?
ICI !
FÉLICITATIONS !
C'EST UN GARÇON !
OOOOH
DITES-MOI, LES GARS, Y A PAS DE SALLE D'ATTENTE, À L'HÔPITAL ?
SI ! MAIS ON N'Y SERT PAS À BOIRE...
?

Jamais content !

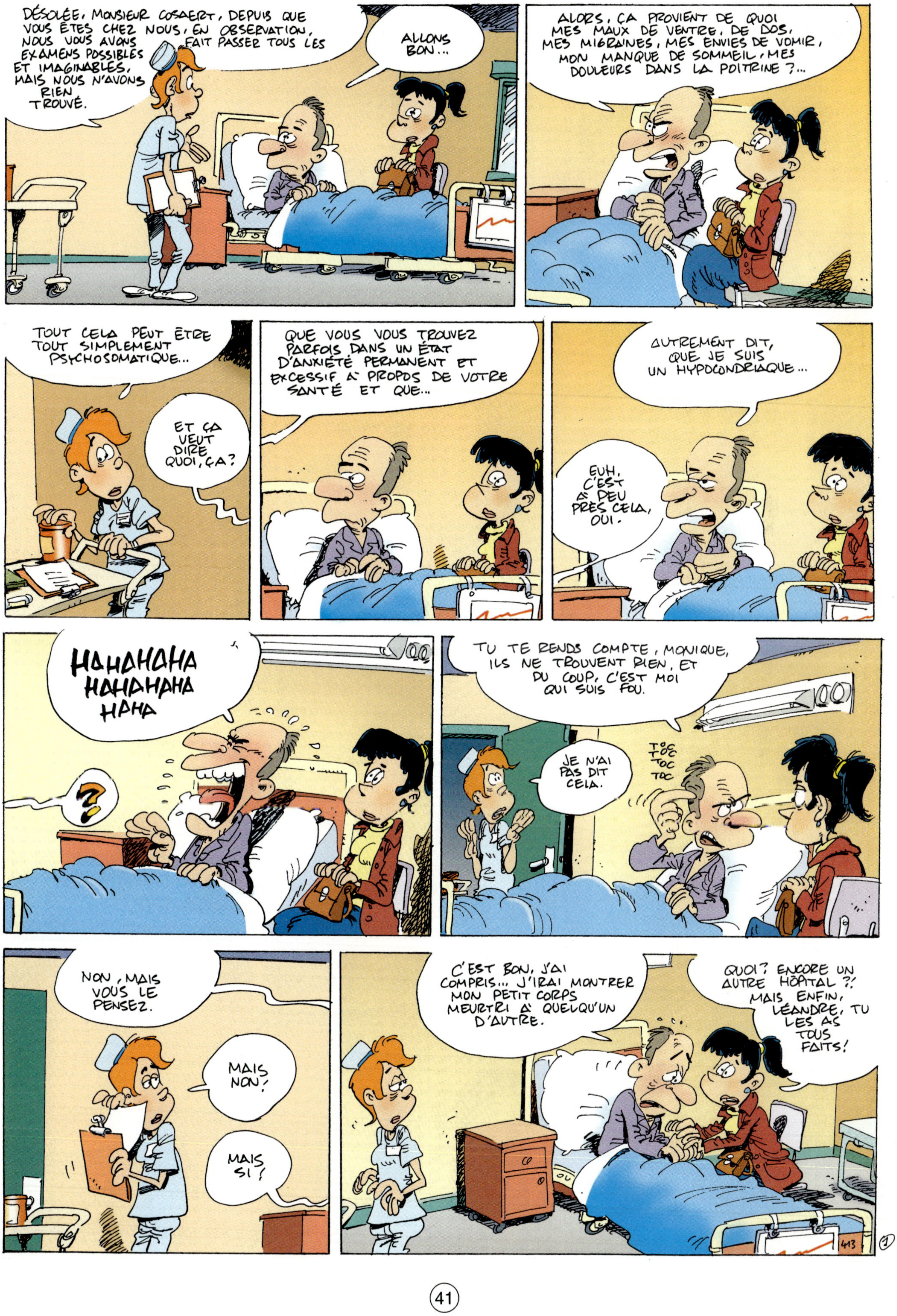

AH ? DANS CE CAS, J'IRAI VOIR AILLEURS.
OÙ ÇA ?
AUX USA, PAR EXEMPLE. IL PARAIT QU'ILS SONT DRÔLEMENT MIEUX OUTILLÉS, LÀ-BAS.
JE ME SUIS LAISSÉ DIRE QU'ILS ÉTAIENT CAPABLES DE DÉCELER UNE BRONCHITE CHRONIQUE SUR UNE MOUCHE AFRICAINE. C'EST TE DIRE...
AUTRE CHOSE QU'ICI.
LÀ, VOUS EXAGÉREZ...
QUE NENNI...
QU'EST-CE QUI SE PASSE ?
MONSIEUR PRÉTEND QU'IL A QUELQUE CHOSE, MAIS QUE NOUS NE SOMMES PAS À MÊME DE DÉCOUVRIR QUOI.
AUTREMENT DIT, QUE NOUS SOMMES DES INCAPABLES.
AH ÇA, JE NE L'AI PAS DIT...
...MAIS MAINTENANT QUE VOUS M'Y FAITES PENSER...
LES RÉSULTATS DES TESTS, LES RADIOS, LES ANALYSES DE SANG, DE SALIVE, D'URINE ET DE SELLES, LES SCANNERS ET J'EN PASSE, TOUT CELA, POUR VOUS, C'EST DE LA FIENTE DE SANSONNET ?
TOUT CELA EST SUPERFICIEL. VOUS NE TROUVEZ PAS QU'IL SERAIT TEMPS D'ALLER VOIR EN PROFONDEUR ?
VOUS AVEZ RAISON...
ENFIN, QUELQU'UN QUI M'ÉCOUTE...
MADEMOISELLE, JE VEUX VOIR CE PATIENT DEMAIN EN SALLE D'OP' À LA PREMIÈRE HEURE.
MAIS, DOCTEUR, JE VOUS RAPPELLE QUE, DEMAIN, VOUS AVEZ UNE JOURNÉE CHARGÉE... IL Y A UNE GREFFE DE REIN, UNE TRANSPLANTATION DE MOELLE ÉPINIÈRE...

NE VOUS INQUIÉTEZ PAS, CE SERA L'AFFAIRE DE QUELQUES MINUTES.
?
LE LENDEMAIN MATIN...
SCALPEL !
SCRIIIITCH
SCROUIIIITCH
SCRITCH
SHLAF
SHLAF
SCROUIIIITCH
COMPRESSES...
PARFAIT ! VOUS ! VOUS ME RECOUSEZ TOUT ÇA, ET HOP, DIRECTION SA CHAMBRE - POUR DEMAIN, AU PLUS TARD, IL POURRA RENTRER CHEZ LUI.
?
HÉLÈNE ?! DOCTEUR, VOUS N'Y PENSEZ PAS ! C'EST UNE STAGIAIRE. ELLE VIENT DE COMMENCER CE MATIN. C'EST À PEINE SI...
JUSTE-MENT...
QUELQUES JOURS PLUS TARD...
AAAH !!!
MON DIEU, JE NE M'Y HABITUERAI JAMAIS. ILS ONT FAIT DE TOI UN VÉRITABLE MONSTRE DE FRANKENSTEIN...
MIEUX VAUT ÊTRE LAID ET VIVANT QUE BEAU ET MORT...
QUOI-QUE...
DEPUIS CE MATIN, J'AI UNE PETITE DOULEUR QUI ME TENAILLE ICI, ET UNE AUTRE PAR LÀ...
OH NOOON...
UN BILLET POUR LES U.S.A., S'IL VOUS PLAÎT...
SAVEZ-VOUS QUE LÀ-BAS, ILS SONT SI BIEN OUTILLÉS QU'ILS ARRIVENT À DÉCELER UNE BRONCHITE CHRONIQUE SUR UNE MOUCHE AFRICAINE ?
AH BON ?
AÉROPORT
3
443

Joyeux réveillon !

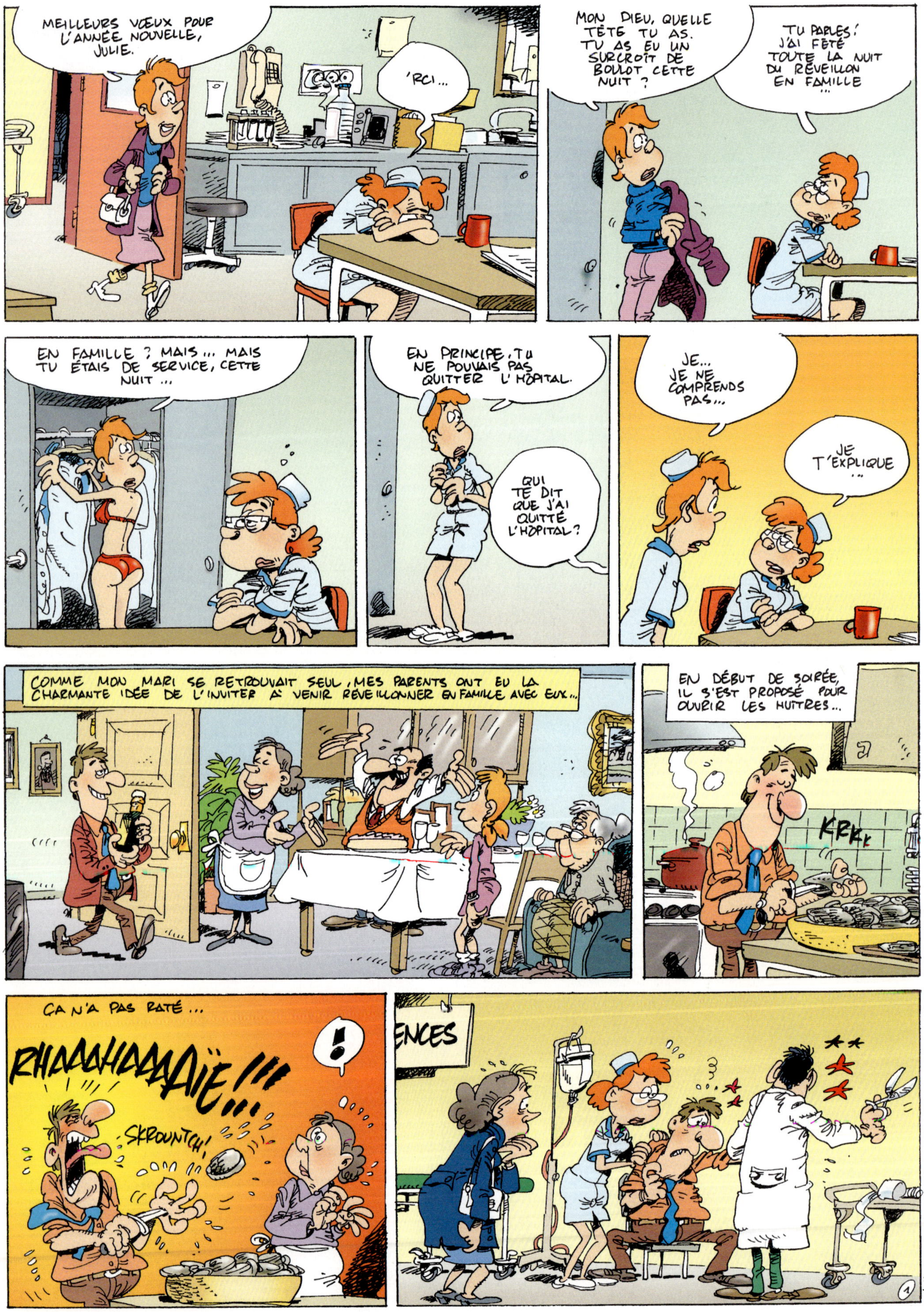

COMME LA BLESSURE ÉTAIT ASSEZ PROFONDE, LE DOCTEUR A PRÉFÉRÉ LE GARDER ICI...
OUILLE OUILLE OUILLE OUILLE
AÏE, AÏE AÏE AÏE AÏE AÏE AÏE.
OH, ÇA VA, PHILIPPE !...
TU N'EN MOURRAS PAS...
BIEN SÛR, QUAND MAMAN EST RENTRÉE À LA MAISON...
...L'AMBIANCE ÉTAIT UN TANTINET RETOMBÉE.
C'EST ALORS QUE PAPA A DÉCIDÉ DE JOUER LES BOUTE-EN-TRAIN EN VOULANT SABRER LE CHAMPAGNE.
SABRER LE CHAMPAGNE ? VOYONS, FÉLICIEN, TU N'AS JAMAIS FAIT ÇA !
HAHAHA ! ET ALORS ? IL FAUT UNE PREMIÈRE FOIS À TOUT !...
HA, HA
ON N'A MÊME PAS DE SABRE.
AUCUNE IMPORTANCE. VA ME CHERCHER UN COUTEAU. UN GRAND, LE PLUS GRAND POSSIBLE.
ET À PRÉSENT, VOUS ALLEZ VOIR CE QUE VOUS ALLEZ VOIR !
ON A VU... IL A RATÉ LE BOUCHON... PAS MA SŒUR.
C'EST ENCORE MAMAN QUI L'A AMENÉE AUX URGENCES. LA BLESSURE A NÉCESSITÉ PLUSIEURS POINTS DE SUTURE... ON L'A GARDÉE ICI AUSSI.

INUTILE DE DIRE QU'À LA MAISON, L'AMBIANCE ÉTAIT ENCORE TOMBÉE D'UN CRAN...
EN ATTENDANT LE RETOUR DE MAMAN, PAPA A ALORS DÉCIDÉ D'OUVRIR LA BOUTEILLE...
NORMALEMENT, CETTE FOIS-CI...
GNNN
SCROUïïTCH
C'EST MAMAN QUI L'A AMENÉ À L'HÔPITAL, RAPPORT AU BOUCHON QU'IL AVAIT REÇU DANS L'ŒIL. UN LÉGER TRAUMATISME CRÂNIEN, A DIAGNOSTIQUÉ LE DOCTEUR...
ET, BIEN SÛR, IL A PRÉFÉRÉ LE GARDER ICI EN OBSERVATION.
PENDANT CE TEMPS, GRAND-MÈRE, RESTÉE SEULE À LA MAISON ET TROUVANT LE TEMPS LONG, AVAIT DÉCIDÉ DE S'OFFRIR UNE COUPE DE CHAMPAGNE.
D'UNE, ELLE PASSA À DEUX...
HIHIHI
GLGLGL
DE DEUX À...
ZOUPEEEE
HIHI HOU
HIC
QUAND, ENFIN, MAMAN RENTRA À LA MAISON...

ELLE L'A RETROUVÉE ROULÉE EN BOULE, SOUS LA TABLE. COMA ÉTHYLIQUE.
AMENÉE AUX URGENCES ET APRÈS UN SÉRIEUX LAVAGE D'ESTOMAC, ELLE ÉTAIT, BIEN SÛR, TROP FAIBLE POUR RETOURNER À LA MAISON...
ELLE DORT À CÔTÉ.
DIS DONC, TA MÈRE, ÇA A DÛ LUI FAIRE UN CHOC...
TU PARLES...
QUAND ELLE S'EST RETROUVÉE SEULE À LA MAISON DEVANT TOUTE CETTE NOURRITURE QUE PERSONNE N'AVAIT TOUCHÉE ET QUE PERSONNE NE TOUCHERAIT AVANT LONGTEMPS, ALLAIT-ELLE DEVOIR EN JETER LA MOITIÉ ? QUE NENNI ! ELLE A TOUJOURS EU HORREUR DU GASPILLAGE.
ALORS, ELLE S'EST MISE À MANGER. LES ENTRÉES D'ABORD, PUIS LA DINDE. C'EST AUX DESSERTS QU'ELLE S'EST SENTIE MAL ET QU'ELLE A APPELÉ...
QU'EST-CE QU'ELLE A EU ?
CRISE D'APOPLEXIE. L'AMBULANCE EST ARRIVÉE JUSTE À TEMPS. ELLE EST AU 312, AVEC MON PÈRE.
SALUT, JULIE ! MEILLEURS VOEUX POUR...
OH, ÇA VA, ÇA VA...
HOULA QU'EST-CE QU'ELLE A ? ELLE EN A UNE TÊTE...
ELLE A PASSÉ SON RÉVEILLON EN FAMILLE.
QUOI ? MAIS JE CROYAIS...
HI, HI, HI ! ELLE ÉTAIT EN SERVICE. T'INQUIÈTE PAS, ELLE N'A PAS QUITTÉ L'HÔPITAL. JE VAIS T'EXPLIQUER...
HI, HI, HI
P

BLOC OPÉRATOIRE
SPIROU
À L'HÔPITAL, TOUT LE MONDE LIT
SPIROU !